NOTICE

D'UNE

COLLECTION D'ESTAMPES, VIGNETTES,

LIVRES ET DESSINS,

APPARTENANT A FEU M. JACOB,

Dont la vente se fera à l'hôtel Bullion, salle Maccarty,
n° 3, rue J.-J. Rousseau, les lundi 22 et mardi 23
décembre 1828, le matin, de onze heures à quatre,
pour les livres et meubles; le soir, à six heures,
pour les vignettes, estampes et dessins.

L'exposition générale aura lieu le dimanche 21, depuis
onze heures du matin jusqu'à trois heures.

———————

LA PRÉSENTE NOTICE SE DISTRIBUE

CHEZ {
Mᶜ COUTELLIER, Commissaire-Priseur, rue des Bons-
Enfans, n° 28;
M. PIERI-BÉNARD, marchand d'Estampes de la Biblio-
thèque du Roi, boulevard des Italiens, n° 11.

1828.

AVIS.

Les collections de Vignettes, Estampes, Dessins et Livres, dont nous donnons la notice, faisaient toute la fortune et les délices de feu M. Jacob. Mort à un âge très-avancé, il s'était occupé toute sa vie à faire particulièrement collection de vignettes pour toute sortes d'œuvres, ce qui le mit en rapport, pendant longues années, avec les artistes les plus famés dans ce genre d'ouvrages, et lui donna la facilité de recueillir grand nombre de ces vignettes rares, que lui seul a possédées.

Nous invitons donc messieurs les Collecteurs de vignettes, à venir avec exactitude aux expositions que nous ferons, pour examiner les lots que nous avons formés; et nous sommes persuadés qu'ils y trouveront beaucoup de complémens d'ouvrages, qu'inutilement ils chercheraient ailleurs.

L'intérêt de cette vente se portant particulièrement sur les vignettes, nous avons cru devoir déroger pour le classement, aux usages ordinaires de l'ordre par graveurs, et nous avons suivi l'ordre alphabétique des auteurs aux ouvrages desquels appartiennent les vignettes.

Nous prions aussi messieurs les amateurs de dessins, d'examiner avec attention le petit nombre que nous possédons; quelques-uns nous paraissent dignes de remarque.

ABRÉVIATIONS.

av. . . . . avant.
ap. . . . . après.
éd. . . . . édition.
ép. . . . . épreuve.
es. . . . . estampes.
l. . . . . lettre.
p. . . . . pièce.

ORDRE DES VACATIONS.

Première vacation. Lundi 22 décembre, heure de midi.

Les livres sous le nº. 221.

Deuxième vacation. Du même jour, six heures du soir.

Du nº. 8 à 116.

Troisième vacation. Mardi 22, heure de midi.

Le restant des livres et les vignettes qui n'auraient pas pu être vendues la veille, et les nᵒˢ. 190 à 205, 218 à 220.

Quatrième vacation. Du même jour, six heures du soir.

Nᵒˢ. 1 à 7, 117 à 189, 206 à 217.

NOTICE

D'UNE

COLLECTION D'ESTAMPES, VIGNETTES, LIVRES ET DESSINS.

———◦◦◦———

DESSINS.

1. Étude de tête d'enfant, au crayon rouge, par *Greuse*.

2. Étude de tête d'une jeune fille, les mains jointes, du tableau de la malédiction paternelle, dessinée à deux crayons par *Greuse*. — Cette tête, d'une expression admirable, est digne de figurer dans les plus belles collections.

3. Étude de figure d'homme du tableau de la malédiction paternelle, dessinée au crayon rouge, par *Greuze*.

4. Quatre dessins collés sur une seule feuille, exécutés à la plume, par *Rembrandt*. Deux sont des griffonnemens représentant une vieille femme assise, vue jusqu'à mi-jambe, et un groupe de trois figures à mi-corps. — Les deux autres sont des paysages, dont l'un est lavé à l'encre de la Chine et au bistre. Cet article est du plus grand intérêt.

5. Cinquante dessins à la mine de plomb, exécutés pour des vignettes, par d'*Esein, Deviller, Bornet* et autres.

6. Trois dessins au crayon noir : vue de monumens et paysages, et une petite marine peinte sur bois; 4 p.

7. Environ deux cents dessins anciens de différens maîtres, qu'on divisera en plusieurs lots.

COLLECTIONS DE VIGNETTES.

8. Figures d'après *Moreau*, pour les Évangiles, édition de *Saugrain*, in-8°; ép. av. la l.; 80 p.

9. Figures d'ap. *Moreau*, pour les actes des apôtres; 60 p., *même édition.*

10. Figures pour les Évangiles, tirées sur grand papier; 75 p.

11. Cent quatre-vingts vignettes diverses pour les mêmes ouvrages, toutes av. la l., et quelques eaux-fortes.

12. Quatre-vingts vignettes d'ap. *Moreau*, pour les Évangiles, éd. in-8°.

13. Figures pour la Bible, par *Mareiller*; ép. avec et av. la l. et eaux-fortes, plusieurs répétées; 115 p.

14. Figures par *Cochin*, pour les OEuvres de l'Arioste, traduction de *Tressan*; ép. av. la l.; 50 p.

15. Figures d'ap. *Moreau*, *Cochin*, *d'Esein* et *Cipriani*; pour les mêmes œuvres, éd. in-8°; ép. av. la l. et avec remarques; plusieurs doubles; 30 p.

16. Figures pour les mêmes ouvrages, par *Cochin*, *Cipriani* et *Monnet*; ép. av. la l.; plusieurs doubles; 96 p.

17. Cent vingt-cinq vignettes diverses pour les ou-

vrages ci-dessus, toutes av. la l.; beaucoup sont répétées.

18. Figures d'ap. *Moreau*, pour Paul et Virginie, de Bernardin-de-Saint-Pierre; un ex. complet et plusieurs pièces doubles; ép. av. la l.; 12 p.

19. Figures de *Bernart Picart*, pour les OEuvres de Boileau, suite complète pour le Lutrin, et quelques eaux-fortes; 13 p.

20. Figures de *Moreau*, pour le même ouvrage, édition de *Renouard*; ép. av. la l.; 4 sont doubles; 11 p.

21. Trente-deux vignettes pour les OEuvres de Boileau, pour diverses éditions, parmi lesquelles se trouve la suite complète du Lutrin, figures de *Chereau*, édition in-4°; ép. av. la l.

22. Figures pour les OEuvres de Châteaubriant; ép. av. la l. et eaux-fortes; 18 p.

23. Figures d'ap. *Moreau*, pour les OEuvres de Corneille, publiées par *Renouard*; ép. av. la l. plusieurs doubles; 15 p.

24. Vignettes et portraits pour les OEuvres de Crébillon. — Un ex. complet d'ap. *Mareiller*. — Un *dito* d'ap. *Monnet*, et plusieurs séparées, d'ap. *Moreau*, toutes av. la l.; 29 p.

25. Trente vignettes d'ap. *Moreau*, *Monsion* et autres, pour les OEuvres de Delille, édit. in-8° et in-18; ép. av. la l.

26. Suite complète pour la traduction de Virgile, figures de *Moreau* et *Zocchi*, éd. in-8°; ép. av. la l., tirées sur grand papier; 18 p.

nouard; ép. av. la l. et beaucoup de doubles; 100 p.

38. Quarante-neuf *dito* de la même édit.; ép. av. la l.

39. Figures et portrait d'ap. *Le Barbier*, pour les
OEuvres de Gesner, petit in-f°., et quelques eaux-
fortes; 35 p.

40. Vignettes pour diverses édit. des OEuvres de Gesner; 35 p.

41. Suite complète de vignettes d'ap. *Perrin*, pour la
Pharsale de Marmontel; ép. av. la l.; 11 p.

42. Figures d'ap. *Moreau*, pour les OEuvres de Molière, édit. in-8° de Renouard; grand papier; ép.
av. la l., eaux-fortes et quelques doubles; 25 p.

43. Figures d'ap. *Moreau*, pour le Théâtre de Molière;
ép. av. la l. et quelques doubles; 36 p.

44. Figures d'ap. *Boucher*, pour les Théâtres de Molière, 1 vol. in-4°; 24 p.

45. Collection complète de vignettes pour les OEuvres
de Montesquieu, dessinées par *Moreau* et *Peyron*;
ép. av. la l. et douze eaux-fortes; éd. in-4°. de Plas-
sant; 26 p.

46. Autre collection complète pour la même éd.; ép.
av. la l.; 14 p.

47. Vignettes doubles pour les mêmes ouvrages, en
grande partie av. la l.; 18 p., dont deux Régulus.

48. Figures d'après *Moreau*, pour les OEuvres de Racine, éd. in-8° de Renouard; deux ex. manqué
l'Andromaque; ép. av. la l. et les eaux-fortes; 30 p.

49. Figures d'après *Moreau* et *Le Barbier*, pour les
OEuvres de Racine, in-8°; ép. av. la l.; quelques-
unes sur grand papier; 50 p.

50. Deux suites complètes de vignettes, pour le Racine, figures de *Moreau*; ép. av. la l. Dans l'une manque l'Athalie.

51. Figures d'ap. *Desève*, pour le Racine; éd. in-4°, ép. av. la l.; 27 p.

52. Quatre vignettes pour le Racine, éd. in-f°. de F. Didot, dont celle pour l'Athalie, gravée par *Girardet*, est av. la l. Onze vignettes pour les mêmes ouvrages, in-8°; figures d'ap. MM. *Gérard, Girodet* et autres; ép. av. la l.; 14 p.

53. Figures d'ap. *Moreau*, pour les OEuvres de Raynald; plusieurs doubles; 40 p.

54. Figures d'ap. d'*Esein*, pour les mêmes ouvrages; ex. complet; ép. av. la l., et quelques doubles; 40 p.

55. Suite complète de vignettes, d'ap. *Moreau, Le Barbier* et autres, pour les OEuvres de J.-J. Rousseau, publiées par Ponce; éd. in-8°; 60 p.

56. Figures pour la même éd.; ép. av. la l.

57. Figures pour la même ed.; ép. av. la l., et quelques eaux-fortes; 68 p.

58. Figures d'ap. *Moreau*, pour les OEuvres de J.-J. Rousseau, in-4°.

59. Figures d'ap. *Cochin*, pour les mêmes œuvres, éd. in-4°, de Maisonneuve; ép. av. la l.; quatre sont doubles; 29 p.

60. Figures d'ap. *Moreau, Le Barbier* et autres, pour les mêmes œuvres, in-8°; beaucoup sont répétées; 106 p.

61. Cent vignettes pour la même éd.; plusieurs doubles.

62. Cinquante *dito* pour la même éd.

63. Vignettes, avec et avant la l.; pour diverses éd. des
OEuvres de J.-J. Rousseau; celles pour l'Émile sont
complètes; 59 p.

64. Figures d'ap. *Moreau*, pour les mêmes œuvres;
éd. in-4°; 30 p.

65. Vignettes pour les mêmes œuvres, d'après *Mareiller* et *Le Barbier*, pour deux édition in-18;
ép. av. la l.; plusieurs doubles; 90 p.

66. Vignettes pour les OEuvres de Rotrou et de Scha-
kespeare; ép. av. la l.; 28 p.

67. Vignettes pour les OEuvres de Lesage; quelques-
unes doubles; 32 p.

68. Figures d'après *Le Barbier*, pour le poëme de la
Jérusalem délivrée, du Tasse, éd. de Bossange; ép.
av. la l.; suite complète et très-rare.

69. Vingt-quatre vignettes de la même collection; ép.
av. la l.; plusieurs sont doubles.

70. Vignettes pour le même poëme, figures d'après
Cochin; ép. av. la l., petit in-f°.; 13 p.

71. Deux suites complètes de vignettes pour les Veil-
lées du Tasse, d'ap. *Merys*, éd. in-18; ép. av. la l.;
quelques-unes doubles et plusieurs eaux-fortes;
12 p.

72. Figures d'ap. *Moreau*, pour les OEuvres de Voltaire, éd. in-8°, publiées par Renouard; ép. av. la l.,
sur grand papier; quelques-unes sont à petite marge.
La Henriade et les Théâtres sont complets; 141 p.
Manque 19 p. pour le complément de cette collection.

73. Vignettes doubles pour la même collection; ép. av.

la l. et eaux-fortes; plusieurs sont répétées; 150 p.

74. Suites complètes pour la Henriade et autres poëmes de Voltaire, figures de *Moreau* et *Mareiller*; ép. av. la l., éd. in-4°; 90 p.; quatre lots.

75. Vignettes d'ap. *Moreau*, pour les OEuvres de Voltaire, éd. in-8°, de Saugrain; ép. av. la l.; 66 p.

76. Vignettes pour la même éd.; beaucoup sont répétées; la Henriade est complète; 200 p.

77. Vignettes av. la l. et eaux-fortes pour la même éd.; quelques-unes sont doubles, et plusieurs ont la marge coupée et sont collées.

78. Figures de *Gravelot* pour les OEuvres de Voltaire, parmi lesquelles se trouvent plusieurs suites complètes pour la Henriade, in-4°; 70 p.

79. Vignettes et eaux-fortes pour la même éd.; beaucoup sont doubles; 82 p.

80. Vignettes d'ap. *Moreau*, *Mareiller* et *Marret*, pour diverses éd. des OEuvres de Voltaire; ép. av. la l. et eaux-fortes; 47 p.

81. Figures d'ap. *Monnet*, pour les Contes et Romans de Voltaire, éd. in-8°; ép. avant la l.; 53 p.

82. Vignettes pour le Théâtre de Corneille et autres ouvrages; 110 p.

83. Vignettes et frontispices pour le Molière, le Montesquieu et autres; 80 p.

84. Vignettes pour le Térence et autres ouvrages; quelques-unes par *Duplessis Bertaux*; toutes av. la l.; 70 p.

85. Figures pour les Métamorphoses, éd. in-4°, de Villeneuve; ép. av. la l.; 56 p.

86. Figures d'après d'*Esein*, *Moreau* et autres, pour les Métamorphoses; 54 p.; quelques-unes av. la l.

87. Figures pour les OEuvres de Xénophon, Tucidide et Hérodote, d'après *Le Barbier* et *Moreau*; ép. av. la l. et eaux-fortes, quelques doubles; 52 p.

88. Figures de *Moreau* pour le Phocion, grand in-4°; ép. av. la l.; 8 p.

89. Figures d'après *Mareiller*, pour l'Iliade d'Homère, in-8°; suite complète; 25 p.

90. La même collection complète, tirée sur grand papier; ép. av. la l., et quelques doubles; 30 p.

91. Vignettes diverses pour les Hommes Illustres, de Plutarque, les Théâtres Grecs et l'Histoire Romaine; ép. av. la l.; quelques-unes doubles; 20 p.

92. Suite complète de vignettes pour les lettres à Émilie, éd. in-18, de Renouard; ép. av. la l.

93. Vignettes pour les Contes de Valmont, éd. in-8°, de Renouard, et autres ouvrages; 21 p., dont 15 av. la l.

94. Vignettes pour les Romans de M. le vicomte Morel de Vindé, et autres ouvrages publiés par Bluet, éd. in-18; 60 sujets sur 30 feuilles; ép. av. la l. et eaux-fortes.

95. Deux suites complètes de vignettes pour le Gulliver traduit par Desfontaine, et quatre vignettes pour le Werter traduit par Labedoyere, in-18; ép. av. la l.

96. Figures d'après *Moreau* pour les chansons de la Borde, plusieurs doubles; 74 p.

97. Vingt-six *dito* pour les mêmes ouvrages; ép. a v. la l.; plusieurs doubles

98. Figures pour les romans traduits de l'anglais, dont
le Moine, éd. in-8° de Bellois; ép. av. la l. et eaux-
fortes; collection complète de figures, pour les romans de la Place; beaucoup av. la l.; ensemble 88 p.

99. Vignettes pour divers romans et autres ouvrages,
toutes av. la l. ou eaux-fortes; 100 p.

100. Figures pour les Contes de la reine de Navarre et
le roman de la Rose; ép. av. la l.; 24 p.

101. Figures pour les OEuvres de Beaumarchais, Re-
gnard et Saint-Lambert; 21 p., beaucoup av. la l.

102. Petites figures d'ap. *Cochin* pour l'Almanach ico-
nologique; pour les années 1766 à 1777; plusieurs
ex.; environ 460 p.; plus de 300 sont av. la l.

103. Plusieurs exemplaires de la collection des vignettes
pour le Décaméron de *J. Boccace*; ép. av. et avec
la l.

104. Figures d'ap. *Moreau* et *Mareiller* pour les Idylles;
l'histoire de Marie-Thérèse et autres ouvrages; 70
p., en grande partie av. la l.

105. Figures d'ap. *Frandenberg*; pour l'Hoptameron
français, éd. in-12; ép. av. la l.

106. Plusieurs exem. de la collection des figures pour
les OEuvres de Buffon, en noir et en couleur, for-
mant un lot d'environ trois mille vignettes; plus
de deux mille sont soigneusement coloriées.

107. Figures pour les fables d'Esope; plusieurs exem.
complets en noir et en couleur.

108. Vignettes diverses pour les histoires de France et
d'Angleterre, d'ap. *Moreau*, *Mariage*, *Cochin* et
autres; 360 pièces; 3 lots.

109. Vignettes, frontispices, culs-de-lampes, etc., d'ap. *Moreau, Fragonard, Le Barbier* et autres; ép. av. la l.; 60 p.

110. Vignettes séparées pour divers ouvrages; ép. av. et avec la l.; 470 p.; 3 lots.

111. Eaux-fortes de vignettes diverses; 115 p.

112. Vignettes diverses, beaucoup av. la l.; 180 p.

113. Dix-neuf vignettes av. la l., gravées par *Gaucher*.

114. Vignettes d'ap. *Prudhon* et *Fragonard*, gravées en grande partie par *M. Roger*; beaucoup sont av. la l.; 30 p.

115. Douze petits sujets gravés par *M. Rhuierre*, et cinq vignettes avec leurs eaux-fortes, gravées par *Dupreel*, pour le Daphnis et Cloé; 22 p.

116. Seize pièces gravées par *M. Pigeot*, parmi lesquelles on remarque les Clefs de Vienne, la Révolte du Kaire, la Phèdre, les Trois-Ages, faisant partie des prix décennaux; ép. av. la l., et deux eaux-fortes.

117. Divers sujets et figures symboliques gravés par *Darcis* et autres; ép. av. la l.; 28 p.

118. La Vie de saint Bruno, d'après le *Sueur*, gravée par *Chauveau*; 22 planches et texte, un v. petit in-fol.

119. Galerie de saint Bruno avec figures, sur papier vélin; ép. av. la l., et les eaux-fortes, éd. in-8°., de Villerey. On y a joint le portrait du saint.

120. Estampes faisant partie de la galerie de Florence; ép. av. la l., et trois eaux-fortes; 38 p.

121. Eaux-fortes et épreuves terminées des camées de la galerie de Florence; 66 p.

122. Dix pièces doubles de la même galerie; belle ép.

123. Galerie du Luxembourg, d'après *Rubens*, publiée par Desève en 1809; 26 figures et texte; ép. av. la l., et coloriées avec grand soin. Ouvrage précieux.

124. Pièces choisies de la galerie Filhol; cent deux planches, épreuves d'artistes ou av. la l., et quelques eaux-fortes; 118 p.

125. Galerie du Palais-Royal; 28 pièces, presque toutes av. la l.

126. Dix pièces doubles de la même galerie, quelques-unes av. la l.

127. Costumes et cérémonies du sacre de Napoléon, figures terminées au trait et eaux-fortes; 35 p.

128. Galerie des Antiques; environ 350 feuilles.

129. Statues et bustes faisant partie de diverses galeries; 30 p.

130. La petite écolière et la maîtresse d'école, par *Wille*; 2 p.

131. Le concert de famille, *par le même*; ancienne ép.

132. La Cléopâtre, *par le même*; ancienne ép.

133. La gazettière hollandaise et le maréchal-des-logis, *par le même*. Ce dernier av. la l.; 2 p.

134. Les sapeurs des gardes françaises et la mort de M. Antoine, *par le même*.

135. Les soins maternels, les délices maternelles, etc., *par le même*; anciennes ép.; 3 p.

136. Le chien, gravé par *Galtzius*, ancienne et belle ép.

137. Charles Ier. et Henriette d'Angleterre, par *Strange*; anciennes et belles ép.; 2 p.

138. Abraham renvoyant Agar; Joseph et la femme de Putifar, *par le même*; belles ép.; 2 p.

139. La libéralité et la modestie, jugement d'Hercule; 3 p., par *Strange*, anciennes ép.; Sapho, la justice, etc., 3 p., *par le même*; belles ép.

140. L'Amour endormi et autre, *par le même*; 2 p.

141. La peste d'Eaque, d'ap. *Mignard*, par *G. Audran*; première et belle épreuve, avec la Junon et le Paon, très-bien conservée, avec trois ou quatre lignes de marge. Cette magnifique pièce porte la signature de *G. Audran*.

142. La Nativité, d'ap. *le Guide*; les couseuses, av. la l., et Vénus endormie; 3 p., gravées par *Pailly*, *Beauvarlet et Aliamet*.

143. Deux paysages, d'après *Patel* et *S. Rosa*, par *Browne* et *Vivares*; belles ép.; une est av. la l.

144. La femme adultère, d'ap. le *Carrache*, par *Bartolozzi*.

145. Toilette de Vénus, d'ap. *Ang. Kauffmann*, par *Bartolozzi*; ép. avec la l., blanche, très-rare.

146. Apothéose d'un enfant, av. la l., et Cornélie; 2 p., par *Bartolozzi*.

147. La tentation de saint Antoine, par *Calot*; 2 ép., original et copie, et le portrait de saint Florentin, par *Wille*; 3 p.

148. La Vierge, saint Michel, saint Jean, portraits, etc.; 8 p. d'ap. Raphaël, du cabinet du Roi.

149. Sainte Geneviève, d'ap. *Guérin*, par *Gueraut*;

jeune fille en prière; 2 p. av. la l. et sur Chine;
deux sujets d'ap. *Watteau*, etc.; 7 p.

150. Le repos, d'ap. *Lépicié*, par *Bervic*; ép. av. la l.

151. La Vierge à la Chaise, d'ap. *Raphaël*, par *M. Des-
noyers*; très-belle ép. sur papier de Chine.

152. La Vierge au Poisson, d'ap. *Raphaël*, par *M. Li-
gnon*; ép. av. la l.

153. Un camée gravé par *M. Forster*; ép. av. toutes l.,
et sur papier de Chine.

154. Jupiter et Antiope, d'ap. le *Corrège*; ép. av. toutes
l.; le musicien distrait, d'ap. *G. Dow*; ép. avec l.
blanche et sur Chine, gravées par *Scriver* et autres;
2 p.

155. Saint Jean, d'ap. le Dominicain, par *M. Pelée*; ép.
av. la l., et sur papier de Chine.

156. Portrait du sultan Selim, d'ap. Lemoine, et la
prise du Trocadero; 2 p. av. la l., gravées par
Muller et *Goulu*.

157. Sainte famille, Ecce Homo, etc., d'ap. le Titien
Andrea del Sarto et Cigniani, par *Lorichon*, *Josi*
et autres; 3 p., dont 2 av. la l.

158. Le Chaperon rouge, Acis et Galatée, par *Richard
Lane* et *Taylor*; 2 p.

159. La Lettre d'introduction d'après *Wilkie*, par
Burnet; belle ép. sur papier de Chine.

160. Vue du pont de Londres et des environs; char-
mante estampe d'ap. *Turner*, par *Goodall*.

161. Trois estampes faisant partie du grand Musée; ép.
av. toutes l.

162. Portrait de mademoiselle Noblet. — Sainte fa-

mille. Héroïsme d'Élisabeth Cazotte. Trois lytho-
graphies par MM. *Grevedon*, *Weber* et autres.

163. Portrait de Napoléon, petit costume du sacre,
gravé par M. *Bidault*; ép. av. toutes l. et sur papier de Chine.

164. Plusieurs portraits av. la l., gravés par *Mecou*,
pour la famille impériale de Russie et autres.

165 Portrait du grand Condé, par *Nanteuil*; belle et
rare ép.

166. Anne d'Autriche, par *le même*; ép. très-rare av.
le guillemet.

167. Christine, reine de Suède, J. Chapelain et autres;
4 portraits, par *Nanteuil*; les deux premiers sont
beaux et avec grande marge.

168. La Mothe Levayer, par *Nanteuil*; très-belle et
première épreuve encadrée, remontée de marges.

169. Ferdinand, évêque de Paderbonne, d'ap. *Lebrun*,
par *Edelinck*; ép. avant les quatre lignes. — La
Fontaine et autres, par *le même*; 4 p.

170 Louis, duc d'Orléans, et Caylus, par *Schmidt* et
Daullé; 2 p.

171. Portraits de personnages illustres, souverains,
poètes, hommes de la révolution, etc.; 100 p.

172. Vingt portraits gravés par *Fiquet*, *Savart* et
Merceney; très-belles ép. av. la l. Ce numéro sera
divisé.

173. Portraits d'hommes célèbres et souverains, parmi
lesquels se trouvent ceux de la famille impériale de
Russie, gravés par *Tardieu*; 60 p.

174. Portraits anciens de la famille des Bourbons, des empereurs d'Allemagne et autres; 118 p.

175. Portraits de personnages illustres, savans, etc., plusieurs doubles; 120 p.

176. Portraits de poëtes, gravés par *Ingouf*; 75 p.

177. Bonaparte, Brune, Magdonal, etc.; 4 p.

178. Portraits et vignettes diverses, beaucoup av. la l.; 84 p.

179. Environ trois cents estampes anciennes, eaux-fortes portraits et autres, qui seront vendus en plusieurs lots.

180. Les Sept Sacremens, d'ap. *le Poussin*, par *B. Audran.*

181. La Transfiguration, d'ap. *Raphaël*, et la Descente de Croix, d'ap. *Daniel de Volterre*, par *Dorigny.*

182. La Présentation au Temple. — La Résurrection de Jésus-Christ et autres, par *Drevet* et *Audran*; 5 p.

183. Sainte Géneviève, gravée par *Balechou*, et diverses pièces faisant partie des cabinets du Roi et du duc d'Orléans; 13 p.

184. La Résurrection du Lazare, le Gâteau des Rois et autres, d'ap. *Rembrandt*, *Rubens* et *Greuze*; 4 p., dont deux sont av. la l.

185. La demande acceptée et le Gâteau des Rois, d'ap. *Lépicié* et *Greuze*, gravés par *Bervic* et *Flippart*; 3 p.

186. Plusieurs ép. du Gâteau des Rois et autres; 15 p.; deux lots.

187. Sainte Cécile, gravée par *Baisson*, pour le grand Musée; ép. av. toutes l.

188. Jeune fille enlevée par l'Amour, et pendant, Junon et Cérès, l'Essai du Corset, d'ap. *Frago-nard*, *Greuze*, *Lebrun* et autres; 17 p.

189. L'inutile résistance, d'ap. *Prudhon*; les Cana-diens, d'ap. *Le Barbier*, etc., gravées par *Ingouf*, *Villerey* et autres; ép. av. la l.; 3 p.

190. Estampes représentant diverses scènes historiques de la révolution; ép. av. la l.; 6 p.

191. Paysage d'ap. *Vernet*; vues de monumens, vue de Naples, etc., en noir et en couleur; 70 p.; 4 lots.

192. Passage du Pô par l'armée française, et pendant : deux grandes estampes gravées par M. *Fortier*; ép. av. la l.

193. Quarante-huit petits sujets gravés d'ap. *Raphaël*, *Poussin*, *Prudhon* et autres.

194. Sujets historiques et symboliques, gravés par *Kussel*; 140 p.

195. Figures pour le voyage dans l'Inde, par le major *Sylck*; ép. av. la l. et autres; 140 p.

196. Vues de monumens, costumes, usages et autres sujets faisant partie du tableau général de l'em-pire ottoman; 300 p. environ; beaucoup sont ré-pétées.

197. Atlas pour le Voyage du jeune Anacharsis, cartes, plans, médailles et portrait; 41 p.

198. Treize vues faisant partie du Voyage de l'Indous-tan, etc.

199. Sujets et portraits pour le Voyage à la recherche de Lapérouse. Deux exp., 114 p.; 2 lots.
200. Ports de France, d'ap. *Ozanne*; 16 p.
201. Cartes géographiques et plan de Paris, en vingt parties, publié par *Maire*, 1803; 61 p.; 2 l.
202. Planches pour l'étude d'anatomie comparée, par *Camper*, un ex. en feuilles et un cartonné, 2 l.
203. Oiseaux, papillons, scarabés et plantes; 86 p.; 2 lots.
204. Trois portefeuilles contenant environ trois cent soixante estampes et vignettes diverses; 3 lots.
205. Beaucoup de portefeuilles vides, un volume grand in-f°., papier blanc.

ESTAMPES ENCADRÉES.

206. Louis XIV, Louis XV, et Samuel Bernard, gravés par *Drevet*; 3 p.
207. Le comte d'Harcourt, dit le *Cadet-à-la-perle*, gravé par *Masson*; ancienne ép.
208. Portrait de Bossuet, gravé par *Drevet*; belle ép. av. les points.
209. Portraits de Henri IV, Pierre Ier., madame Lavallière, Adrienne Le Couvreur, Crébillon, Voltaire, J.-J. Rousseau et autres, gravés par *Balechou, Drevet, Ingouf, Tardieu* et autres; 15 p.; 2 lots.
210. Douze portraits par *Fiquet*: Louis XV, madame de Maintenon, La Fontaine pour les Fables et pour les Contes, La Bruyère, etc., et deux portraits par *Savart*; 14 p. Ce numéro sera divisé.

211. Agar présentée à Abraham, mort de M. Antoine; ép. av. la l.; les bons amis, gravés par *Wille* et autres; 5 p.; 2 lots.

212. Présentation au temple, gravée par *Drevet*; très-belle ép.

213. Le Christ à l'éponge, d'ap. *Van-Dick*; la résurrection, etc.; 3 es. par *Bolswert*, *J. Audran* et autres.

214. Le repos, gravé par *Bervic*; ép. av. la l.

215. Les musiciens ambulans, et les offres réciproques d'après *Dietricy*, par *Wille*; anciennes et belles ép., avec la faute au mot *électorale* écrit sans *e*.

216. La jeune mère, le père endormi, le paralytique, le gâteau des Rois, le retour des champs, Télémaque dans l'île de Calipso, siége de Calais, les Canadiens, paysages, etc.; 36 es., dont beaucoup av. la l., d'après *Greuze*, *Le Barbier* et autres, gravées par *Flippart*, *Beauvarlet*, *Bartolozzi*, *Ingouf*, etc. Ce numéro sera divisé.

217. Les Sabines de la collection des prix décennaux; la Suzanne au bain; Mars partant pour la guerre; vignettes et autres estampes encadrées, d'ap. *Rubens*, *David*, *Prudhon* et autres; beaucoup av. la l.; 50 p. Ce numéro sera divisé.

218. Gouaches, tableaux et autre; 7 p.

219. Vingt et une planches gravées sur cuivre représentant de petits sujets pour vignettes, de divers ouvrages.

220. Bordures dorées avec et sans verres.

BIBLIOTHÈQUE.

221. Les livres composant la petite bibliothèque de M. Jacob, sont au nombre d'environ mille volumes, parmi lesquels on distingue les Actes des Apôtres, faisant partie du Nouveau-Testament, par Desacy, fig. av. la l., de *Moreau*, 2 ex. in-8°, et 2 *idem* in-4°; Histoire sacrée; Histoire ecclésiastique, en 20 vol.; Abrégé de l'Histoire de France, en 3 vol.; OEuvres de Buffon; OEuvres de Massilon, vol.; plusieurs ouvrages de Voltaire, dont les poëmes de la Henriade et autres, grand in-4°; OEuvres de La Fontaine; OEuvres de Boileau; Voyage du jeune Anacharsis; Vie politique et militaire de Napoléon, par M. A.-V. Arnault, 2 vol. in-fol., en feuilles (cent trente-cinq lithographies); Voyage en Suisse; Voyage en Asie, et beaucoup d'autres ouvrages intéressans en feuilles et reliés, que, faute de temps, il nous a été impossible d'en donner le détail.

Pour remédier autant qu'il est possible au défaut d'annonces, nous aurons soin de mettre sous les yeux du public, tous les ouvrages les plus intéressans, à l'exposition générale que nous ferons le dimanche 21 décembre.

Imprimerie **MOREAU**, rue Montmartre, n. 39.

www.ingramcontent.com/pod-product-compliance
Lightning Source LLC
Chambersburg PA
CBHW061516170626
46811CB00004B/1738